# Una Breve Debacle

Por Nicole Higginbotham-Hogue

This is a work of fiction. Similarities to real people, places, or events are entirely coincidental.

UNA BREVE DEBACLE

**First edition. December 10, 2021.**



ISBN: 979-8201176594

Written by Nicole Higginbotham-Hogue.

# Capítulo Uno

Edna Simmons entró en la cocina, mirando de cerca el calendario. La subasta estaba a solo unos días de distancia, y ella había estado esperando con impaciencia a que llegara el día. "¡Gertie!", gritó, dirigiéndose a su esposa que había estado en la otra habitación con un periódico acurrucado en su regazo, roncando. "¡Gertie!" La otra mujer no respondió, y aunque sabía que debía entrar en la otra habitación y despertarla, sus piernas estaban cansadas y su cuerpo necesitaba un descanso. Por lo tanto, decidió sentarse en su silla y relajarse y continuar dirigiéndose a la otra mujer hasta que ella respondió.

"¿Whaat?" Gertie gritó de vuelta, claramente molesto.

Edna escuchó que el periódico se caía del regazo de su esposa y se caía al suelo y sonrió, sabiendo que había conseguido con éxito la atención de Gertie.

"¿Qué quieres?" Gertie preguntó, al entrar en la cocina, su cabello de pie en un lado.

"Quería preguntarle sobre mis joyas", respondió Edna, golpeando sus pestañas a la otra mujer. "¿Por qué el temperamento?"

"No lo sé", respondió Gertie. "Tal vez, es porque cada vez que voy a tomar una siesta, escucho un graznido constante en mi oído".

"Sabes, realmente deberías revisar eso", dijo Edna, sonriendo. "Tal vez, podemos ir al oftalmólogo con parte del dinero que obtenemos cuando vendo mis joyas en la subasta".

"Tal vez, puedo conseguir un barco y alejarme de aquí con ese dinero", le dijo Gertie. "De esa manera, no tengo que escuchar sus constantes molestias".

"Sabes que me extrañarías", sonrió Edna. "Ahora, ¿puedes conseguir mis joyas? Quiero volver a verlo".

"¿Por qué pasas tanto tiempo mirando algo que no va a estar aquí muy pronto?" Gertie preguntó con una ceja levantada. "No es que vayas a darle más valor. Probablemente lo estés devaluando tocándolo todo el tiempo".

"Solo quiero asegurarme de que todo sea como lo dejé", replicó Edna. "Quiero que todo esté en plena forma, y si una pieza se ve sin pulir, podría perder parte de su valor".

"Creo que estás obsesionado con eso", dijo Gertie. "¿Por qué no encuentras algo para ver en la televisión o algo así como una persona normal? O mejor aún, sacar esos prismáticos y tener un día de heno viendo a los vecinos. Solo déjame estar por un momento para que pueda recuperar algo de mi energía".

"Eres un gruñón", respondió Edna, al levantarse de su silla. "Lo conseguiré yo mismo. ¿Dónde lo dejaste?"

"En el estudio", dijo Gertie, caminando lentamente de regreso a su silla. "Donde siempre ha estado".

"Muy bien", dijo Edna, pasando junto a su esposa y por el pasillo. Ella no iba a tener su emoción arruinada por la falta de sueño de Gertie. Ella sabía que necesitaba asegurarse de que sus joyas eran atractivas a la vista, y una mancha de pólvora podría arruinar el valor para el consumidor. Edna recordó la primera vez que había traído cada artículo. Ella había conseguido su collar de diamantes la primera vez que Gertie y ella habían salido en una cita, y ella había comprado el brazalete de rubí cuando tuvo su primer hijo. Las joyas eran sentimentales para ella en cierto modo, pero sabía que sus hijos no las usarían, y ninguno de ellos era bueno para mantener recuerdos, por lo que decidió que lo mejor que podía hacer por su familia era vender las joyas, guardar parte del dinero para ella y su esposa y dar el resto a sus hijos para que pudieran establecerse.

Edna entró en el estudio, retirando la silla de la computadora para que pudiera mirar debajo del gran escritorio. Gertie generalmente metía la maleta con las joyas allí abajo para que no estuviera a la vista, pero mientras miraba más de cerca, notó que la maleta se había ido. "Dag nabbit", exclamó, tratando de levantarse de su posición encorvada. "Gertie! ¡La maleta no está aquí!".

"¿De qué estás hablando?" Gertie exclamó desde abajo del pasillo. "¡Te dije, está en el mismo lugar que siempre ha estado!"

"Bueno, ¿por qué no vienes y miras?" Edna respondió. "Porque no lo veo".

"Estás tan ciega como un murciélago", dijo la otra mujer, con sus pasos sonando por el largo pasillo. Gertie apareció en la puerta y se arrugó para mirar debajo del escritorio. "¿Dónde está?" Gertie preguntó. "¿Es esto algún tipo de juego, Edna? Porque si esto es lo que los niños están pidiendo juego previo hoy, realmente no estoy en ello".

"No, usted viejo bittie," Edna replicó. "Esto no es un juego. ¿Dónde está mi maletín? ¿Dónde están mis joyas?"

"Bueno, tiene que estar a su alrededor en algún lugar", dijo Gertie, mirando alrededor de la habitación. "¿Estás seguro de que no lo moviste? ¿Dónde fue el último lugar que tuviste?"

"Lo llevé con nosotros a la tienda general el otro día", dijo Edna. "Recuerda, quería mostrarle a Bonnie los pendientes de perlas. A ella solo le encantan las perlas".

"No, no recuerdo eso", respondió Gertie. "¿Por qué estaría de acuerdo en sacar nuestras joyas caras al público para mostrarlas a la gente? Sabes que hay ladrones, Edna".

"Confíen más", dijo Edna. "Conocemos a Bonnie desde siempre, y se llama publicidad".

"Publicidad, ¿eh?" Gertie sonrió. "Bueno, ¿a quién más 'anunciaste'?"

"Bueno, fui a la casa club para anunciar el brazalete de rubí a un par de los hombres que golf allí", declaró Edna. "Pensé que uno de ellos podría querer comprarlo para su esposa. Luego, fui a la biblioteca, porque tuve que devolver ese libro que recibí hace dos semanas. No quería dejar el maletín en el coche, porque pensé que alguien podría robarlo, así que lo traje conmigo, ¿o lo tenía en absoluto? No me acuerdo del todo. Tal vez, dejé el maletín en la casa club".

"Bueno, ¿tenías o no tenías el maletín, Edna?" Gertie preguntó. "¿Y por qué no recuerdo nada de esto?"

Edna pensó por un momento. Los eventos estaban confusos en su cerebro, pero con toda la presión de tratar de recordar su día, los detalles no tenían mucho sentido. "Oh, me acuerdo ahora", dijo Edna. "Querías quedarte en casa para ver ese programa de la policía ese día, así que me fui solo".

"Entonces, ni siquiera recuerdas si estuve allí o no", respondió Gertie. "Wow, Edna, esto es realmente útil".

"¿Y tal vez fui a la tienda después de la casa club o fue al revés?" Edna preguntó en voz alta. "No me acuerdo del todo. Tal vez, no era la casa club en todo. Tal vez, era el restaurante de la calle. A Betty también le gustan los rubíes".

"Edna, concéntrese", dijo Gertie, algo molesta. "Nunca vamos a encontrar el maletín a este ritmo. " Necesito saber a dónde fuiste. Podemos volver sobre su ruta paso a paso y tal vez, podemos averiguar quién tomó el maletín".

"Oh, Gertie", sonrió Edna. "Estoy seguro de que nadie 'se llevó' nuestro maletín. Saben que es nuestro. ¿Por qué alguien haría algo así? Prácticamente conocemos a todos en esta ciudad".

"Edna", dijo Gertie, una expresión seria en su rostro. "A veces me preocupo por ti. Estás demasiado confiado. Ahora, póngase los zapatos. Tenemos que recuperar este maletín antes de que llegue la noticia".

# Capítulo Segundo

Gertie rodó por la calle, tratando de ignorar el constante chasquido en el asiento del pasajero mientras su esposa se cortaba las uñas de los dedos de los derechos. "¿Tienes que hacer eso mientras conduzco?", preguntó, evitando un clavo extraviado que le brotaba como un misil extranjero.

"Bueno, quiero parecer presentable", respondió Edna, continuando con su molesta tarea.

Gertie sacudió la cabeza. Se preguntaba qué pasaba en la cabeza de Edna a veces. "Nadie en su sano juicio va a estar mirando tus uñas de los dedos de los derechos, Edna", dijo Gertie, mirando a la otra mujer. "Tienes setenta y tantos años".

"Nunca se sabe", sonrió Edna, las palabras de Gertie no hacen daño a la confianza infalible de Edna. "Me salen algunas miradas cuando voy a la tienda de comestibles. Simplemente no me jacta de ello porque tengo miedo, te pondré celoso".

"Te están mirando porque nunca dejas de hablar, Edna", replicó Gertie. "No te están mirando las uñas de los dedos de los de los dedos. Probablemente se estén preguntando cuándo vas a cerrar la boca para que puedan esperar a la siguiente persona".

"Parece que ya te hice celoso", sonrió Edna, mirando hacia atrás en sus dedos de los dedos de los de los dos. "Lo siento, nena, todavía lo conseguí".

Gertie no tenía palabras. Edna era claramente delirante, y sólo había tanto que una persona podía hacer para arrojar luz sobre la verdad, así que siguió conduciendo. Cuando se acercó al centro de la ciudad, escuchó que su camión hacía ruido y sintió que su corazón se le cayó al suelo. "Edna, ¿te olvidaste de poner gas en este devorador?", preguntó, reconociendo el ruido familiar.

Edna se sentó allí y pensó por un momento, de repente sentada un poco más recta mientras recordaba su última excursión en el camión. "Creo que sí", respondió sin desfasada. "¿Y sabes lo que es lo gracioso?"

"¿Qué es eso?" Gertie respondió claramente despreoyda.

"Esa fue una de las principales razones por las que salí el otro día", se rió Edna. "¿No es gracioso cómo sale a hacer una cosa, y luego se olvida por completo de la razón principal por la que salió?"

"Muy gracioso", dijo Gertie, tirando en la gasolinera más cercana. Ella no estaba dispuesta a arriesgarse a tener que caminar por la carretera para obtener gasolina, especialmente después de no recibir su siesta de la tarde, y ciertamente no quería quedarse atrapada escuchando una de las historias de largo viento de Edna durante toda la caminata hasta allí.

"Oh, solo te iba a decir que deberías obtener gasolina", comentó Edna mientras se acercaban a una bomba. "Me alegro de que lo hayas pensado. Ciertamente no me gustaría salir corriendo".

"¿Es eso correcto?" Gertie preguntó, mirando con fuerza a su esposa, pero Edna simplemente sonrió, desviando su atención al hermoso paisaje fuera de las ventanas.

Gertie se bajó del camión y entró en la gasolinera. Recordó los días en que podía bombear su gasolina y pagarla después de que el tanque estuviera lleno, pero el mundo había cambiado, y ahora tenía que jugar un juego de adivinanzas para establecer la cantidad de gas que necesitaba. Las cosas fueron más difíciles de lo que solían ser debido a unas pocas personas que decidieron ser deshonestas y doblar las reglas. Gertie entró en la pequeña tienda de conveniencia, buscando a su alrededor a Jesse, el joven que generalmente dirigía la estación por las mañanas. Le gustaba Jesse. Era amable, y a diferencia de la mayoría de las personas de su edad, sabía cómo mantener una conversación decente.

Después de esperar unos cinco minutos, Gertie comenzó a impacientarse. No era como el joven dejar a los clientes esperando en el mostrador. Vio la puerta de la trastienda a la vista y metió la cabeza, mirando a su alrededor al hombre desaparecido. "Jesse", llamó Gertie, y tan pronto como lo dijo, un joven sonriente apareció a la vista.

"Lo siento, señora Simmons", sonrió Jesse. "Solo estaba almacenando el refrigerador".

"Está bien, joven", dijo Gertie, volviendo su atención al mostrador delantero, donde un hombre con un pasamontañas negro estaba sosteniendo un arma. El corazón de Gertie se tambaleó mientras tomaba la vista. Era como si estuviera teniendo la peor de las suertes. Primero, se perdió la siesta. Luego, el gas se agotó en el camión, y ahora esto. "Quédate ahí, Jesse", llamó Gertie, con la esperanza de que el joven en la trastienda la hubiera escuchado. No se atrevió a desviar la atención del extraño en el mostrador.

"¿Eres tú el gerente?", le preguntó el extraño, acercándose a ella. "¿Y quién es Jesse?"

Gertie estaba asustada, pero siempre se había preguntado qué haría en una situación como esta y viendo como Jesse tenía veinte años y era toda una vida mayor, pensó que lo mejor era jugar. Tal vez, ella sería capaz de salvar la vida del joven, y sólo tal vez, si salió de aquí, ella podría ser capaz de bombear su gas.

"¿Así que, ¿verdad?", preguntó el extraño, que apuntó con un arma de fuego directamente a ella.

Gertie miró al hombre, sin mostrar miedo y respondió: "¿Por qué sí señor, lo soy? ¿Puedo ayudarte a hacer un refresco o un dulce?" Ella no tenía mucha experiencia en el negocio de las estaciones de servicio, pero estaba asumiendo que esta era la mejor respuesta.

"Abre el registro, anciana", respondió el hombre. "No estoy de humor para ningún juego hoy".

Gertie asintió con la cabeza y saltó a la caja registradora, notando como ella que la pistola que el hombre tenía en la mano dijo hecha en China. Ella no pudo evitar relajarse después de notar este pequeño detalle, y eso la hizo preguntarse qué otras pruebas podría reunir con solo mirar el atuendo del hombre. Ella fingió presionar los botones necesarios en la computadora, mientras escaneaba en secreto la ropa del hombre. Vestía una camisa negra y pantalones vaqueros largos que se desplomaban por debajo de su cintura, exponiendo una parte de su ropa interior. A medida que sus ojos avanzaban, notó algo cómico, la etiqueta del hombre estaba colgando de su ropa interior y un conjunto de iniciales se mostraban a la vista.

"¿Tommy Hall?" Gertie dijo, tratando de controlar su impulso de reír. "¿Vienes aquí a robarme? Tu madre se avergonzaría".

La mano del hombre comenzó a temblar, y al instante se quitó la máscara. Con los ojos bien abiertos, la miró hacia atrás. "Lo siento, señora Simmons", respondió con voz nerviosa. "¿Cómo supiste que era yo? No le vas a decir a mi madre, ¿no?".

"No", respondió Gertie, preguntándose cómo el nudillo había urdido un plan para robar la estación en primer lugar. "¿Qué estás haciendo aquí? ¿No deberías estar en la escuela?"

"Bueno, mi mamá ha sido un poco dura con su suerte desde que mi papá se fue", respondió Tommy. "Y estaba tratando de conseguir algo de dinero para mantenerme al día con nuestras facturas. No quise hacerle daño a nadie, y ciertamente no quería tomar nada de su gasolinera, pero parecía mi única opción".

"En primer lugar, esta no es mi gasolinera", dijo Gertie, mirando con simpatía al hombre. "Y en segundo lugar, siempre se podía conseguir un trabajo y trabajar como lo hacíamos el resto de nosotros".

"Sí, supongo", dijo Tommy, colgando la cabeza.

Gertie sacó un veinte de su billetera y lo puso en la mano del joven. "Ahora, salgan de aquí", dijo. "Y tratar de tomar mejores decisiones. Casi me diste un ataque al corazón".

"Está bien", dijo Tommy, saliendo por la puerta. "Gracias, señora Simmons".

Gertie observó como el joven se fue, sintiendo que su corazón volvía a su ritmo normal. "Bueno, eso fue un milagro si alguna vez vi uno", dijo en voz alta, preguntándose cómo se había salido con la suya al no recibir un disparo.

"Sí, es una carta, ¿no?". Jesse sonrió, acercándose al mostrador. "Me preguntaba qué estaba pasando cuando me dijiste que me quedara en la parte de atrás. No sabía que Tommy estaba aquí. Lo hace todas las semanas".

"¿Todas las semanas?" Gertie exclamó, llegando a su bolsillo donde una vez estuvo el veinte.

"Sí", dijo Jesse. "Primero se emborracha con el alcohol de sus padres, y luego, viene aquí a robar el lugar".

"Bueno, es una pena que su padre lo haya sometido a todo esto", dijo Gertie.

"¿A qué te refieres?" Jesse preguntó. "A veces, su padre viene con él. Solía asustarme, pero después de verlos hacerlo semana tras semana, me he acostumbrado a la rutina".

"¿Quieres decir que toda su historia fue una mentira?" Gertie respondió. "No lo puedo creer, y por un minuto allí, sentí pena por él".

"Deberías", dijo Jesse, caminando detrás del mostrador. "Es un mentiroso patológico. No puedo imaginar las situaciones en las que se mete. De todos modos, supongo que estás aquí para el gas".

"Lo estoy", dijo Gertie, sacando los billetes restantes de su bolsillo. "Quince contra dos", dijo.

Jesse tomó las cuentas en su mano y puso la bomba. "Estás bien para ir, señora Simmons", sonrió, caminando de regreso hacia la habitación de atrás. "Espero que tu día vaya mejor".

"El tuyo también", dijo Gertie, saliendo de lapuerta, no estoy muy seguro de lo que acaba de suceder. Caminó hacia su bomba y comenzó a bombear su gasolina, esperando a que los pequeños números llegaran a quince.

"¿Eso es todo?" Edna llamó por la ventana. "Quince dólares no van a hacer mucho, Gertie. ¿Por qué no pusiste los treinta y cinco enteros?"

"Porque no lo hice, Edna", respondió Gertie, sin querer decirle a su esposa que le dio veinte a Tommy Hall.

"Bueno, supongo que nos llevará por la calle", dijo Edna cuando Gertie entró en el vehículo. "Pensé que te perdiste allí".

"No, solo charlando con Jesse", mintió Gertie. Ella realmente no quería estresar a Edna con los detalles de su encuentro, por lo que pensó que debería mantener la conversación simple.

"Jesse es una tarjeta", respondió Edna. "Me encanta hablar con él. De hecho, creo que por eso me olvidé de conseguir gas el otro día ahora que lo recuerdo. Vine aquí para llenar el camión y me perdí en la conversación con el joven, y me olvidé por completo de llenar el tanque".

"Bueno, espero que no le hayas dado dinero", dijo Gertie.

Edna pensó por un momento y luego sonrió. "Ya sabes, me alegro de que hayas dicho eso, porque creo que yo sí pagé cuarenta dólares, pero no te preocupes, el dinero va a un buen lugar. Tommy Hall viene cada semana y pretende robar la estación, y Jesse se queda con el dinero para dárselo. El padre de Tommy se fue hace un tiempo, y su madre necesita el dinero para las facturas, así que lo considero nuestra forma de retribuir".

Gertie podía sentir su sangre hervir en este punto. No solo había sido engañada por Tommy, sino que ahora su esposa sí lo había hecho. Empezó a decir algo pero lo pensó mejor. Tal vez, era mejor que su esposa no supiera la verdad sobre las cosas. Edna era una de las pocas que tenía un corazón puro, y ciertamente no quería arruinarlo haciéndole saber a su esposa los verdaderos motivos de la gente en esta ciudad.

# Capítulo Tercero

"Detengámonos en el Downtown Cafe", dijo Edna mientras Gertie rodaba por la calle.

"¿Para qué?" Gertie preguntó, preguntándose si su esposa estaba retrasando deliberadamente su investigación.

"Porque, te lo dije. Fui allí a comer el día que tuve mi maletín, y existe la posibilidad de que lo dejé allí", dijo Edna. "Además, me encanta ver a Betty, y realmente podría usar un bocado para comer. Mi nivel bajo de azúcar en la sangre está haciendo que sea difícil concentrarse".

"Sus constantes desvíos están haciendo que sea difícil para mí concentrarme", dijo Gertie, mirando el reloj. Ella estaba lista para resolver este misterio y volver a casa para que pudiera relajarse en su cómodo sillón reclinable.

"Eres tan grouch", comentó Edna. "Apuesto a que tú también tienes hambre, y simplemente no lo sabes".

"Bueno, podría ir a por un bocado", respondió Gertie, mientras su estómago retumbaba.

"Entonces, se resuelve", dijo Edna. "Tire en ese lugar allá arriba. Está justo al lado de la puerta".

Gertie se quedó a pesar de que el lugar que su esposa había elegido para ella era casi demasiado pequeño para su vehículo. Ella maniobró lentamente, finalmente apretando en el área de estacionamiento vacante y se bajó del camión. En el momento en que había llegado al otro lado, Edna estaba caminando a través de las puertas del pequeño establecimiento, tarareando una melodía como lo hizo. Gertie caminó tranquilamente detrás de ella, disfrutando de los pocos minutos de silencio mientras caminaba desde el camión hasta la puerta. Abrió las puertas del restaurante y encontró a su esposa de pie frente a una mujer joven de pelo castaño que nunca había visto antes. "¿Quién eres tú?" Gertie preguntó, sin dejar espacio para la cortesía. Conocía a todos los que trabajaban en el restaurante, y no estaba acostumbrada a que nadie más que Betty los esperara.

"Soy nueva", sonrió la joven. "Mi nombre es Maxine. Seré su servidor hoy".

"El infierno si tú..." Gertie comenzó, pero fue rápidamente interrumpida por su esposa.

"Eso suena muy bien", dijo Edna, dándose la vuelta para dispararle a Gertie una mirada de advertencia. "¿Cómo estás hoy, querida?"

"Estoy bien", respondió Maxine, imperturbable por la protesta de Gertie. "¿Cómo estás hoy, señora?"

"Señora Simmons", corrigió Edna, sonriendo a la joven. "Y lo estoy haciendo muy bien".

"Bien", dijo Maxine. "¿Quieres que te cuente sobre los especiales o ya tienes algo en mente?"

"Betty generalmente ni siquiera nos pregunta qué queremos", comentó Gertie, mirando a la joven con una mirada escrutadora. "Ella solo lo sabe".

"Bueno, ella no es Betty", dijo Edna, advirtiendo a Gertie una vez más.

"Puedo conseguir a Betty si quieres", dijo Maxine. "Parece que ustedes están cerca de ella, y no quiero estorba si vinieran aquí a verla".

"Eso sería genial", sonrió Gertie, saludando a la joven.

"Gertie", dijo Edna. "¿No puedes tener modales ni siquiera por dos segundos?"

"Fui educado", respondió Gertie, fingiendo inocencia. "No sé a qué te refieres".

"Sí, lo haces", replicó Edna. "Este es el trabajo de esa joven, y no puedes simplemente decirle que no quieres que nos espere. Cada mesa que pierde le cuesta dinero".

"Hay muchas mesas", reflexionó Gertie. "Mira", dijo, señalando la puerta cuando dos hombres entraron en el restaurante, vistiendo atuendos de golf. "Hay una mesa para los jóvenes".

"Eres ornery," Edna contestó, moviendo la cabeza.

"Sí, lo es", se rió una voz familiar, haciendo que los dos miraran hacia arriba.

"Betty", dijo Gertie. "Pensé que nunca vendrías".

"Siempre vendré a por ti", dijo Betty, sonriendo fuerte a Gertie.

Gertie sonrió de vuelta, pero fue recibida por una rápida patada en la pantorrilla por su esposa. Bajó la mirada y miró al otro lado de la mesa a la otra mujer, que le sonreía.

"Estoy segura de que Betty tiene trabajo que hacer, querida", dijo Edna, enfatizando la parte 'querida' al final de su sentencia.

"Por supuesto", dijo Gertie, mirando hacia atrás a la mujer de pelo rizado que estaba frente a ellos. "Betty es una trabajadora, y nunca tenemos que explicarle lo que queremos. Ella solo sabe a diferencia de la otra chica que está trabajando aquí".

"¿Maxine?" Betty se rió. "Sí, es nueva. Sin embargo, me sorprende que no la hayas reconocido. Ella corre con ese joven desde la gasolinera".

"¿Jesse?" Gertie respondió. "Pero es un joven tan decente. Hubiera pensado que tendría mejor gusto".

"¡Gertie!" Edna dijo, pateándola de nuevo en la pantorrilla.

"Cuál es la verdad", respondió Gertie, frotándose la pierna. "Y es mejor que lo detengas. Me vas a dar un caramelo de moretón".

Betty se rió y miró a los dos. "Voy a poner un boleto para su comida", respondió, disculpándose de la mesa.

"Gracias", dijo Gertie, viendo como la mujer se alejaba de la mesa.

"Gertie Simmons", dijo Edna. "Vuelve a poner los ojos en tu cabeza".

"¿A qué te refieres?" Gertie preguntó, mirando a su esposa con una mirada confusa. "¿Crees que estoy revisando a Betty?"

"Soy vieja, no tonta", comentó Edna, surcándose las cejas.

"Bueno, soy demasiado viejo para eso", respondió Gertie, mirando hacia atrás a su esposa. "E incluso si no lo fuera, tú eres el único para mí".

"Entonces, ¿qué demonios estás mirando?" Dijo Edna, levantando ligeramente la voz.

"Shh", susurró Gertie, señalando a Edna que lo mantuviera abajo. "Miren a esos hombres allá".

"¿Los del campo de golf?" Edna respondió un poco demasiado fuerte.

"Sí", dijo Gertie. "Mantenlo abajo, ¿lo harás?"

"Lo siento", susurró Edna. "¿Qué pasa con ellos?"

"Bueno, uno de ellos acaba de sacar un brazalete de rubí de su bolsillo, y se parecía mucho al tuyo", dijo Gertie, señalando mientras los dos hombres miraban la fina pieza de joyería.

"Se parece a la mía", dijo Edna, levantándose de su asiento.

"¿Qué estás haciendo?" Gertie le susurró. "Siéntate. No hagas una escena. Si quieres que te devuelvan tus joyas, tenemos que ser tío".

"Diablos con tímn", respondió Edna. "Esa es la mía".

"No lo sabes con certeza", dijo Gertie, señalando a su esposa que se sentara. "Y sería una pena que llamaras la atención sobre la situación y ese hombre se fuera antes de que pudieras recuperarla".

"Buen punto", respondió Edna, mirando su pequeño físico. "No estoy muy seguro de que tenga los músculos para derribarlo. El aeróbic acuático me ha toneado un poco, pero no estoy en mi mejor momento".

Gertie sacudió la cabeza hacia su esposa y esperó hasta que Edna hubiera terminado. "Tengo un plan", dijo Gertie, mirando de cerca a su esposa. "Cuando recibamos nuestra comida, les daré la señal y fingiré que se ahogan. Mientras que las otras personas en el restaurante se centran en mí, es necesario llegar al bolsillo de ese hombre y tomar la pulsera. Luego, ve al camión. No me esperes. Será demasiado obvio si lo haces".

"Está bien", sonrió Edna. "¿Cuál es la señal? ¿Podemos hacer pequeñas manos de pájaro, o crees que un simple pulgar hacia arriba funcionará?"

Gertie cierralos ojos por un momento, frotándolos áspero con la palma de la mano. "Edna, la señal puede ser lo que quieras que sea, pero necesito que te concentres".

"Bueno, entonces creo que voy a ir con las manos de pajarito", sonrió Edna. "Al menos esa es una señal linda".

"Está bien", suspiró Gertie, con la esperanza de que su esposa volviera al tema en cuestión. "Entonces, ¿entiendes el plan, porque nuestra comida está saliendo en este momento?"

"Lo conseguí", dijo Edna, guiñando un guiño a ella desde el otro lado de la mesa.

"Bien", respondió Gertie, forzando una sonrisa en su rostro mientras Betty se acercaba con sus platos.

"Bueno, aquí van, señoras", dijo Betty. "Disfruta".

"Gracias, Betty", sonrió Gertie. "Se ve delicioso". Ella comenzó a recoger su tenedor, pero fue recibida por el pie de Edna en su pantorrilla una vez más. "No estoy coqueteando", protestó Gertie. "Solo estoy siendo educado".

"Un poco demasiado educado", dijo Edna, con la cuchara de su sopa. "Baje un poco el tono".

"Muy bien", dijo Gertie, moviendo la cabeza.

"Entonces, ¿estamos listos para comenzar?" Edna respondió, sonriendo traviesamente al otro lado de la mesa.

"¿Con qué?" Gertie preguntó, tomando un bocado grande de filete frito de pollo.

"El plan", dijo Edna. "¿O debería hacer esto?" Edna hizo un pajarito con los dedos.

"Te lo dije", dijo Gertie. "Te daré la señal". Tomó otro bocado de su comida y vio como uno de los hombres del campo de golf se levantaba para ir al baño. "Ahora..." Gertie comenzó a decir, haciendo malabares con la comida en su boca, pero su esposa de repente dejó salir un grito agudo. Gertie miró a su alrededor para encontrar la fuente de la conmoción de Edna, pero en el proceso, comenzó a atragantarse con su comida.

"Lo conseguí", dijo Edna, pisando fuertemente el suelo y mirando hacia atrás a Gertie. "¡Te estás atragantando! Oh, te estás atragantando", dijo más a saboteadamente la segunda vez y comenzó a hacer un pájaro con las manos. "Te olvidaste de hacer la señal".

Gertie trató de protestar, pero ella realmente se estaba atragantando con su comida en este momento y puso sus manos alrededor de su cuello para mostrarle a Edna que no era parte del plan, pero Edna ya se había ido, y su mesa había estado rodeada de invitados preocupados. Gertie sintió que su rostro se enrojecía cuando su respiración estaba completamente cortada. Se sentía aturdida y débil. De repente, un par de brazos fuertes alcanzaron alrededor de su cintura y la apretaron fuertemente. Gertie sintió que el pedazo de filete frito de pollo se desalojaba de su tráquea y observó cómo se disparaba a través de la habitación.

"Eso fue muy cercano", dijo un hombre desde atrás de ella. Gertie miró hacia arriba y vio al hombre que tenía el brazalete de rubí de pie sobre ella, sonriendo. "¿Estás bien?"

"Sí, estoy bien", croó Gertie, buscando a su esposa.

"Si estás buscando a tu amiga, entonces ella simplemente se fue", dijo el hombre. "Ella se quejaba de algún tipo de problema de cucarachas".

"Gracias", se sonrojó Gertie, estrechando la mano del hombre. "Y gracias por salvarme la vida".

"No se preocupe", respondió el hombre, saludando mientras ella le entregaba un par de billetes sobre su mesa y se dirigía hacia la puerta. "Que tengas un buen día".

"Tú también", dijo Gertie mientras entraba por la puerta principal. Estaba avergonzada y lista para alejarse del restaurante. Claramente, su plan no había funcionado en absoluto. Ella había sido casi el final de sus propios medios, y Edna no estaba en ninguna parte a la vista.

# Capítulo Cuarto

Edna miró al hombre en el callejón, estudiando su rostro. Estaba claro que había sufrido dificultades, y aunque muchos podrían rechazar su amable oferta de verificar la autenticidad de su brazalete, ella no era una de ellas. "¿Estás seguro de que esto no es real?" Edna preguntó, mirando fijamente el brazalete de rubí en su mano.

"Claro, como una mierda", respondió el hombre, mirando los restos rojos en un espejo en sus manos. "Un rubí real no dejaría ningún color atrás".

"Bueno, entonces", dijo Edna, dándose cuenta de que la pulsera que le había quitado al hombre con el uniforme de golf ahora se consideraba un artículo robado.

"Si yo fuera tú, volvería al joyero y pediría un reembolso. " Las personas siempre parecen joderte por tanto dinero como puedan obtener. Simplemente me rompe el corazón que piensen que es correcto que una anciana como tú".

"Lo agradezco", respondió Edna, sonrojándose. Ella no tenía el corazón para decirle que ella en realidad había sido la que 'jack' la pulsera. "Gracias por toda tu ayuda, Theodore", dijo Edna, metiendo la mano en su bolsillo y sacando un par de facturas. "Aquí hay un poco de dinero para sus problemas. Tal vez, podría comprarte una comida o algo así".

"O una cerveza", sonrió Teodoro. "Pero de cualquier manera, es un gesto amable".

"Bueno, entonces una cerveza", sonrió Edna. "Gasta tu dinero como quieras, pero por favor recuerda comer, Teodoro. Todos son piel y huesos".

"Lo haré, señora", sonrió Teodoro. "Le deseo suerte en sus esfuerzos de pulsera".

"Gracias, Teodoro", respondió Edna, alejándose. "Ahora, tengo que ir. Te deseo lo mejor". Edna se alejó del refugio improvisado de Theodore en el callejón y comenzó a caminar hacia la calle principal, pero en el proceso, fue recibida por la cara enojada de Gertie.

"Hola, querida", dijo Edna, ignorando la expresión gruñona de su esposa.

"Hola", dijo Gertie. "¿Dónde estabas y por qué estabas hablando con ese vago?"

"¿Quién? ¿Teodoro?" Edna respondió, mirando hacia atrás al hombre desaliñado sentado contra la pared del callejón.

"Está bien", dijo Gertie, molesto. "Theodore. ¿Por qué estabas hablando con él? Usted sabe que podría ser peligroso. Creo que a veces olvidas que eres una mujer de setenta años. ¿Qué habrías hecho si te robara o algo peor?".

"Theodore es un amor", respondió Edna, poniendo su mano en el brazo de Gertie. "Y además, si no fuera por él, no me habría dado cuenta de que tomé el brazalete equivocado". Edna sacó el brazalete de su bolsillo, mostrando a Gertie la joya del rasguño que Theodore había frotado contra el espejo.

"Bueno, ciertamente no es real", dijo Gertie, tomando el brazalete de su mano. "Y aquí hay un grabado", dijo, señalando un pequeño colgante en medio de la pieza de joyería".

"Oh, sí", comentó Edna, entrecerrando los ojos en el colgante. "Ni siquiera me di cuenta de eso. ¿Qué vamos a hacer al respecto, Gertie? Tomé la pulsera equivocada. No quise hacerlo. Estaba seguro de que era mío".

"Bueno, solo hay una cosa que hacer ahora, Edna", respondió Gertie, metiendo el brazalete en su bolsillo.

"¿Qué es eso?" Preguntó Edna.

"Tenemos que escondernos", dijo Gertie. "Vi que nos escondíamos en la casa durante un par de semanas antes de volver a salir. Ese hombre seguramente no sospechará que tomamos su brazalete entonces".

"Gertie", replicó Edna. "No me voy a esconder y no me voy a llevar ese brazalete. Necesito hacer lo correcto y devolvérslo al hombre. Tal vez, si le explico las circunstancias, él lo entenderá".

"Casualidad gorda", dijo Gertie. "Probablemente te reportará a las autoridades, y luego, estarás en el slammer, y te diré una cosa, Edna. No durarás en el slammer. Hablas demasiado".

"Bueno, no puedo ir al slammer", reflexionó Edna. "Pero ciertamente no puedo vivir conmigo mismo si no le devía a ese pobre hombre su brazalete. ¿Quién sabe? Podría haber sido un regalo para su esposa o su hija".

"Bastardo barato", se rió Gertie. "Le sirve bien perder la pulsera. ¿Quién compra una pieza de joyería falsa para sus seres queridos?"

"Tal vez, eso es todo lo que puede permitirse", dijo Edna, dándole una mirada a su esposa. Gertie era tan cínica a veces, y si no la conocía mejor, habría jurado que la otra mujer no tenía corazón.

"Bueno, de cualquier manera. Tal vez, es una señal", dijo Gertie. "Tal vez, la próxima vez, usará un poco más de sentido común en la compra y manipulación de sus joyas".

"Lo estoy devolviendo", insistió Edna, sabiendo que su esposa estaba tratando de desviarla de la tarea. "Puedes venir conmigo, o puedes irte a casa. Pero no me siento bien teniendo una pieza de joyería robada en mi persona, real o no".

"Técnicamente, no está en tu persona", respondió Gertie. "Está en mi bolsillo".

"Gertie, sabes a lo que me refiero", respondió Edna. "¿Me vas a ayudar o no?"

"Muy bien", dijo Gertie. "Te ayudaré, pero hablemos de esto en el camión. Se está poniendo un poco ventoso aquí, y necesito conseguir mi chaqueta".

• • • •

EDNA MIRÓ A SU ESPOSA, que estaba probando pelucas en la esquina de la tienda de segunda mano. "¿Estás seguro de esto, Gertie?", preguntó, tratando de decidir si Gertie se veía diferente con el pelo más oscuro.

"Estoy muy seguro", respondió Gertie. "Si estás listo para devolver el brazalete, entonces no hay manera de que podamos mostrar nuestras caras. Es imperativo que vayamos al campo de golf disfrazados. Si no, el hombre nos reconocerá en el restaurante y sabrá que lo robamos".

"Pero después de todo fue un accidente", insistió Edna. "No veo por qué..."

"Sé que no, Edna", respondió Gertie. "Pero no quiero arriesgarme".

"Muy bien", dijo Edna, dejando que la idea de simplemente decirle al hombre cómo obtuvo el brazalete saliera de su mente. A veces Gertie tenía razón, y aunque a Edna no le gustaba la idea de ir encubierta para devolver el brazalete, tal vez se divertiría con él después de todo".

"Ahora, ¿cómo me veo?" Gertie preguntó, ponerse una peluca con el pelo largo negro y un par de pequeñas gafas circulares.

"Bueno, supongo que te ves bien", dijo Edna, mirando el atuendo de los años setenta que Gertie se había puesto. "Sin embargo, podrías estar un par de décadas fuera".

"Lo hice a propósito", dijo Gertie. "No puedo usar mis trajes normales y elegantes. Todo el mundo me reconocería. Betty siempre dice que tengo el mejor sentido del estilo".

"Betty", se filtró Edna, mirando hacia otro lado de su esposa. "Ya he oído hablar bastante de Betty".

"Edna", llamó Gertie.

"No me hagas Edna", respondió Edna, ignorando a su esposa y mirando el estante de ropa frente a ella.

"Realmente no", dijo Gertie con un poco de urgencia.

"¿Qué es?" Edna preguntó, dándole a Gertie una mirada enojada, pero su esposa ignoró este gesto y solo miró hacia el frente de la tienda donde estaba el hombre con el traje de golf.

## Capítulo Quinto

"Pato", dijo Gertie, empujando a su esposa en los estantes de ropa. Su peluca se derribó hacia los lados mientras trataba de tirarse entre la ropa que colgaba en la pequeña barra de metal y los dos se sentaron en el suelo, asomándose al piso principal, observando al hombre con el uniforme de golf.

El hombre se acercó a donde estaban parados, con un vendedor a su lado. "Pensé que vi a esa mujer hace un momento", dijo, en voz alta mientras caminaba junto a ellos. "Quería asegurarme de que su amiga estuviera bien. Se atragantó antes en el restaurante".

"Bueno, sí vi entrar a dos mujeres", respondió el vendedor. "Pero la gente entra y vuelve a caminar todo el tiempo, así que no se sabe a dónde fue la señora que estás buscando".

"Veo", dijo el hombre, con su voz resonando desde lejos en este punto. "Bueno, si ves a una señora que cumple con la descripción que te di, por favor, avísame, Laverne, porque quería asegurarme de que saliera bien".

"Lo haré, Jake", respondió la vendedora. "Diviértete en tu juego de golf".

Gertie escuchó como los pasos pesados del hombre salieron de la tienda de segunda mano y suspiró un profundo suspiro de alivio. "¿Cómo vamos a salir de aquí?", le preguntó a su esposa, de repente se dando cuenta de que no había escapatoria sin pasar por delante de la vendedora.

"Déjame manejar esto", dijo Edna, saliendo de los estantes y cogiendo una peluca y un par de camisas adicionales. "Nunca dijeron que no podías probarlo antes de comprarlo. Deja tu atuendo tal y como está, y lo pagaré por adelantado".

Gertie miró a su esposa, preguntándose si Edna sería capaz de salirse con la suya con esta idea, pero no tenía otras opciones, por lo que se tropezó con el estante de ropa, siguiendo a su esposa, que estaba engalanada con una peluca rubia y una camisa de playa de colores y oró para que la vendedora no les pidiera que se quitaran sus disfraces.

"Hola", respondió Laverne al llegar al mostrador delantero. "¿Las señoras lo encontraron todo?"

"Sí", dijo Edna. "Y más".

"Bueno", dijo Laverne, mirándolos con una mirada insegura. "¿Te importa si me llama todo? Voy a tener que pedirles que le quiten los artículos a su persona para que yo pueda hacerlo".

"Oh, Laverne", dijo Edna. "Por mucho que me gustaría ayudarte a hacer eso, parece que mi amigo y yo no podemos quitarnos esta ropa. Como ven, pensamos que sería una buena idea meterse en una botella de ese autobronceador esta mañana solo para descubrir que la cruel sustancia nos hizo estallar a los dos, y realmente no queremos que nadie vea cómo nos vemos. Es un poco vergonzoso. Estoy seguro de que usted entiende después de todo. Tal vez, has estado en una situación similar, pero no me siento cómodo mostrando mi verdadero yo en público, al menos no hasta que la erupción se haya ido".

"¿Sarpullido?", preguntó la vendedora, escudriñando su rostro. "¿Es esta erupción contagiosa?"

"Bueno, yo asumiría que no como vino después del uso del autobronceador", reflexionó Edna. "Pero ahora que lo pienso, podría haber tenido la erupción antes de eso. No estoy muy seguro".

"Oh", respondió Laverne, observando de cerca la mano de Edna mientras tocaba su mostrador delantero. "Bueno, ¿qué tal hoy solo hago llamar a su mercancía manualmente? No quiero ser grosero, pero realmente no puedo permitirme enfermarme en este momento".

"Suena como un plan", sonrió Edna, mirando a Gertie.

Gertie hizo todo lo posible para mantener en su diversión. Ella vio como la señora de ventas mecanografiaba todo, y Edna pagaba con su tarjeta.

"Gracias", dijo la vendedora cuando comenzaron a salir del edificio.

"No, gracias", sonrió Edna una vez más, y Gertie observó como Laverne respiraba hondo mientras salían del edificio.

• • • •

"¿ESTÁS SEGURO DE QUE me veo bien?" Gertie le preguntó a su esposa, mirando en el espejo del coche para tranquilizar. "Me siento como un payaso".

"Eres un payaso", respondió Edna. "Y sí, te ves bien. El hombre con el uniforme de golf nunca te reconocerá".

"Espero que no", dijo Gertie, mirando el montón de maquillaje que su esposa había pintado en su rostro. "Entonces, tal vez podamos hacer esto rápidamente", respondió Gertie. "Porque parece que nos hemos desviado un poco de nuestros principales emprendimientos".

"Ese es el plan", dijo Edna, embadurnándose de un poco de rubor y sonriendo en el espejo. "¿No saca este color mis huesos de las mejillas?"

"No lo sé, Edna", dijo Gertie. "Pero si eso saca a mente tus huesos de las mejillas, imagina todas las partes que mi maquillaje está haciendo notar".

"Te ves bien, Gertie", respondió Edna. "Ahora, hagamos esto".

Gertie asintió con la cabeza y se bajó del camión, esperando que su esposa hiciera lo mismo. Habían estacionado a una cuadra de la casa club, y ella se preguntaba cómo iban a poder entrar sin usar su membresía regular. Ella no había discutido esto con Edna en este momento, y ella esperaba que su esposa no estaba planeando empujar otro par de cientos de dólares para pagar su camino en el día. "¿A dónde vamos?" Gertie preguntó mientras Edna pasaba la entrada de la casa club y caminaba por el lado del curso cercado.

"Bueno, ciertamente no crees que podamos mostrar nuestras caras allí", dijo Edna, señalando la casa club. "Solo hay una manera de subirse al campo ahora. Tenemos que saltar la valla".

Gertie se quejó al pensar en esta nueva actividad. Había tantas cosas que podían salir mal. ¿Qué pasaría si se notaron? ¿Qué pasa si quedan atrapados en la valla? ¿Qué pasa si se rompe una cadera? "Edna, ¿estás segura de esto?" Gertie preguntó, mirando a su esposa, que tenía un pie ya hundido en el recinto de metal.

"Muy seguro", dijo Edna, saltando por encima de la valla y aterrizando en el green.

Gertie miró a su alrededor para ver si alguien había notado la entrada de su esposa, pero la carretera estaba tranquila a esta hora del día, y aparentemente no había nadie jugando cerca del hoyo donde estaban parados. "Bien", se quejó Gertie, sintiendo sus latidos del corazón con fuerza en el pecho. "Pero si nos atrapan..."

"No lo haremos", respondió Edna. "Ahora, date prisa".

Gertie obligado, sintiendo una oleada de ansiedad cuando aterrizó en el green. Ninguno de los dos tenía palos de golf, y ella estaba segura de que parecían fuera de lugar. "¿Y ahora qué?" Gertie preguntó. "Ni siquiera miramos la parte".

"Lo haremos", dijo Edna, asomándose. Caminaron por un corto período de tiempo antes de ver un carrito de golf solitario junto a un edificio de instalaciones. "Allí", respondió Edna, señalando el carro. "Parece que quien es dueño de ese carrito se ha ido al baño. Podemos pedir prestado el equipo de golf que está en el carrito, y podemos devolverlo cuando hayamos terminado".

"Ahí vas tomando prestadas cosas de nuevo", dijo Gertie, moviendo la cabeza. "¿No es eso lo que nos llevó a esta situación en primer lugar?"

"No, robar los rubíes de ese hombre nos llevó aquí", le dijo Edna, mirándola con fuerza. "Y no veo ningún daño en pedir prestado ese equipo hasta que podamos devolver las joyas al hombre del que las tomamos".

"Muy bien", dijo Gertie. "¿Cuál es el plan?"

"El plan es que vayas allí y tomes la bolsa", respondió Edna. "Te esperaré aquí, y entonces podremos estar fuera".

"¿No sería mejor si nos llevásemos todo el carro?" Gertie sugirió. "No hay manera de que vayamos a llegar muy lejos a pie".

Edna reflexionó sobre esta sugerencia por un momento, finalmente asintiendo con la cabeza de acuerdo. "Tienes razón", dijo. "Hagámoslo".

Gertie observó como su esposa trotaba hacia el carro e hizo todo lo posible para mantenerse al día. Años de sentarse en su silla y relajarse no habían hecho mucho por su cuerpo, y se encontró bastante sinuosa en el momento en que llegó al carro.

"¿Y ahora qué?" Gertie preguntó, deslizándose en el lado del pasajero del carro.

"¡Ahora, vamos!" Edna gritó, mirando detrás de ella. Edna puso su pie pesado en el gas cuando el dueño del carro estaba saliendo del edificio de las instalaciones, y Gertie cerró los ojos fuertemente, con la esperanza de que el hombre no fuera lo suficientemente rápido como para mantenerse al día con ellos.

# Capítulo Sexto

Edna miró el campo de golf mientras conducía, con la esperanza de ver al hombre familiar en el equipo de golf que habían robado accidentalmente la pulsera de rubí de. El hombre cuyo carro habían tomado se había ido hace mucho tiempo, y ella estaba segura de que la gente en la casa club se enteraría de esa situación en cualquier momento, por lo que necesitaba actuar rápido. Edna estaba casi en el extremo opuesto del curso, cuando vio al hombre que había visto antes en el restaurante, charlando con uno de sus amigos. Ella detuvo su carro corto del verde y saltó hacia fuera. "¿Estás listo para esto?" Edna le preguntó a Gertie con una sonrisa en su rostro. Había pasado un tiempo desde que su esposa y ella habían estado en una aventura así, y ella estaba disfrutando de la prisa de todo.

"Listo cuando estés", dijo Gertie, mirando a su alrededor ansiosamente mientras salía del carro.

"No me digas que tú de todas las personas tienes miedo", se rió Edna. "Gertie, no te he visto esta alerta desde que los mapaches estaban metiendo en nuestra basura".

"Estoy bien", protestó Gertie. "Ahora, sigamos adelante con eso". Gertie tomó los palos de golf de la parte trasera del carrito y se dirigió hacia los hombres que estaban jugando tranquilamente al golf en el green, dejando a Edna a lo largo.

Edna finalmente alcanzó a Gertie, que estaba encantando a los dos hombres. "Hola", dijo con la voz más sensual que pudo reunir. "¿Cómo están ustedes dos señores hoy?"

"Muy bien, señora", respondió el hombre de antes. "Soy Jake, y este es mi socio de negocios Ralph". Se dieron la mano y sonrieron, y Edna estaba en una pérdida repentina para saber qué decir.

"Entonces, Jake", comenzó Gertie, dándole una mirada a Edna. "Somos nuevos en este deporte. Parece que tienes un buen mango. ¿Hay alguna indicación que puedas darme?"

"Claro", dijo Jake, sonriendo de oreja a oreja. Él envolvió sus brazos alrededor de ella y ayudó a Gertie a alinear su club.

En este punto, Ralph no estaba prestando atención y decidió perseguir la pelota que acaba de golpear en la arena, y Edna se quedó de pie allí, preguntándose qué tan incómoda estaba su esposa. Edna se movió a un ángulo donde podía ver mejor la cara de Gertie, notando que su esposa llevaba un ligero rubor y trató de sofocar una risa.

"Ahora", dijo Gertie, conectando su mirada con la de Edna, y Edna hizo lo único que se le ocurrió. Sacó los rubíes de su bolsillo y envolvió sus brazos alrededor de Jake, pegándolos en el bolsillo lateral de sus pantalones cortos de color caqui.

"Bueno", dijo Jake, volteándose para mirar a Edna. "No tengas tantas ganas de aprender. Tengo tiempo suficiente para mostrarles el juego también".

"Ahora, ahora", dijo Edna, fingiendo una sonrisa. Ella no tenía la intención de sugerir nada más que una lección de golf, pero claramente su abrazo había señalado que quería aprender mucho más que el deporte. Edna pensó por un momento, tratando de averiguar cómo desviar al hombre que pensaba que ella había hecho un avance hacia él. "No me gustaría meterte en problemas ni nada. Además, una chica como yo es mucho para manejar".

Jake soltó a Gertie, quien se enderezó constantemente, y Edna señaló para que Gertie volviera al carro. "Ahora, ¿cómo se llama de nuevo?" Jake preguntó, acercándose demasiado a la comodidad de Edna.

"No lo dije", respondió Edna, retrocediendo y dándole al hombre una mirada segura a los ojos. "Y nunca lo sabrás. Tengo que ir, Jake. Fue agradable conocerte, pero acabo de enviar un mensaje de texto, y tengo que ir a Australia para promocionar mi nueva línea de moda. Te veré en los papeles graciosos, querida".

Jake se quedó allí, con la boca abierta mientras Edna se metía en el carrito de golf junto a Gertie, y mientras Edna se alejaba, todo lo que podía ver era la mirada confusa de Jake mientras él decía: "¿Papeles divertidos?"

Edna desvió su atención de nuevo a su conducción mientras se dirigían por el curso, pero ella estaba a solo unos metros de la cerca cuando se escuchó una voz femenina familiar que la buscaba. "¿Y ahora qué?", preguntó en voz alta, mirando detrás de ella solo para encontrar a su amiga Bonnie corriendo detrás de ellos. "¿Bonnie?" Edna llamó, deteniendo el carro.

"Edna", dijo Bonnie. "Sabía que eras tú".

"Bueno, eso no es bueno", comentó Gertie, mirándose a sí misma. "Pensé que nos veíamos muy diferentes de lo que normalmente lo hacemos".

"Bueno, lo haces querido", dijo Bonnie, señalando el bolso de Edna.

"Entonces, ¿cómo diablos sabías quiénes éramos?" Gertie preguntó.

"El bolso de Edna", respondió Bonnie. "Ella lo lleva a todas partes que va. Es la única mujer de la ciudad que tiene una bolsa que se parece a esa".

Gertie soltó un ruido, haciéndole saber a Edna que su esposa no estaba contenta con su elección de llevar la bolsa, pero Edna no había pensado mucho en su bolso al salir de la casa. Ella acababa de agarrarlo. ¿Cómo iba a saber que la gente podía identificarla llevando el simple artículo?

"De todos modos", dijo Bonnie, volviendo su atención a Edna. "¿Ustedes querían ir a la casa club a tomar un café o algo así? No me importaría la compañía en absoluto, pero le aconsejaría que se deshaga de las pelucas y el atuendo llamativo. Ya sabes cómo son las mujeres que hay".

"Bueno, no me gustaría avergonzarme", respondió Gertie, poniendo sus ojos en la otra mujer.

Edna miró fijamente a Gertie, impidiéndole continuar. Gertie nunca se había llevado realmente bien con Bonnie. Los dos eran simplemente de dos mundos diferentes, pero Edna no quería que el comportamiento de Gertie se enojó en su amistad con la otra mujer. "Bonnie, querida, ¿puedes ayudarme a sacar estas cosas?" Edna pidió, luchando con la peluca que estaba bien ajustada en la parte superior de su cabeza.

"Por supuesto", dijo Bonnie, frunciendo el ceño a Gertie antes de centrar su atención en Edna. "Entonces, ¿por qué en la Tierra están ustedes dos vestidos así de todos modos?", preguntó la mujer mientras ayudaba a Bonnie a desalojar la peluca y meter la ropa extra que llevaba en su bolso grande.

"Necesitábamos algo para condimentar nuestra vida amorosa", respondió Gertie, moviendo sus cejas a Bonnie.

"Gertie, eres tan tosca", dijo Bonnie, tomando las prendas de Gertie de sus manos y metiéndolos en el bolso de Edna.

"Solo estás celosa", dijo Gertie, alisando su ropa regular con las manos. "Sus viejos piñones oscuros probablemente no han conseguido una buena carrera en un minuto. De hecho, estoy seguro de que su motor probablemente esté completamente muerto en este momento".

"Gertie", dijo Edna, tratando de sofocar una risa. Su esposa tenía razón. Bonnie era bastante tensa a veces, pero ciertamente no quería ofender a la otra mujer con los comentarios de Gertie.

"Mi motor es bonito y lubricado. Muchas gracias", replicó Bonnie. "De hecho, el otro día, lo conseguí con un hombre de este mismo club".

"TMI", dijo Gertie, torciendo su rostro en una mirada agria.

"Si no puedes manejar la verdad, entonces deja de repartir los insultos", sonrió Bonnie.

Gertie se quejó y se miró en el espejo del carrito de golf. "Me veo bastante bien además del extenso maquillaje en toda mi cara".

"Me gusta el maquillaje", dijo Edna, turnándose en el espejo para mirarse. "Creo que nos vemos bien".

"Te ves mucho mejor que tú", reflexionó Bonnie. "Ahora, pongámonos en marcha. Los especiales para madrugadores ya están en marcha, y no quiero llegar tarde".

# Capítulo Séptimo

Gertie se sentó a la mesa, escuchando a Edna y Bonnie hablar y preguntándose cuándo podría continuar con su misión principal. Ya estaba a una hora de perderse las noticias nocturnas y aunque era agradable salir de la casa, estaba irritada de que hubiera tomado tanto tiempo completar una tarea tan simple.

"Entonces, ¿escuchaste que Tommy Hall fue arrestado hoy?" Bonnie preguntó, despertando la atención de Gertie.

"¿Lo hizo ahora?" Gertie preguntó, una sonrisa en su cara. "No puedo creer a ese niño. Ha estado robando la gasolinera durante los últimos meses, y todo el mundo le ha estado dejando hacerlo".

"Bueno, no lo es ahora", respondió Bonnie. "De hecho, escuché que Jesse fue quien lo entregó. El joven estaba enojado con Tommy por robarle un brazalete de rubí a su padre".

Gertie sintió que su estómago se hundía mientras escuchaba la explicación de Bonnie, preguntándose si la pulsera de rubí que había sido robada era la misma que acababan de devolver a Jake, el golfista que habían visto en el restaurante. "¿Oh sí?" Gertie dijo, instando a Bonnie a desalojar más detalles.

"Sí", respondió Bonnie.

"Bueno, ¿cómo descubriste todo esto?" Edna preguntó, claramente ajena a cómo la historia se conectaba con ellos.

"Bueno, dije que había tenido suerte", se sonrojó Bonnie.

"¿Dormiste con el padre de Jesse?" Edna preguntó, su mandíbula cayendo al suelo.

"No quiero dar demasiados detalles", respondió Bonnie. "Soy una dama a diferencia de algunas personas que conocemos". Bonnie le dio a Gertie otro ceño fruncido y continuó. "Pero sí, lo hice, y él me habló de la pulsera".

"¿Es eso lo que estabas haciendo antes de venir al club?" Gertie sonrió, sabiendo que era la única manera en que Jake y Bonnie podrían haberse juntado. "Me preguntaba por qué estabas tan alegre hoy".

"Gertie", regañó Edna.

"Gracias, Edna", dijo Bonnie, dándole un vistazo a Gertie. "Algunas personas simplemente no saben lo que es la conversación apropiada".

Gertie rodó sus ojos y se centró en su comida, escuchando mientras los dos continuaban.

"De todos modos, antes de que me interrumpieran groseramente", dijo Bonnie. "Estaba diciendo que durante un momento romántico esta tarde, Jake Wilson me dijo que había estado agarrado a un brazalete que Jesse había conseguido para su novia, Maxine, pero parece que después de salir a almorzar, revisó sus bolsillos, y el brazalete se había ido. Estaba devastado. Jake me dijo que había estado tan preocupado por salvar a una mujer que se estaba atragantando en el restaurante que no debe haberse dado cuenta cuando fue robado. Había tratado de localizar a la mujer que había salvado para asegurarse de que estaba bien y que no lo tomaba, pero no tuvo suerte. Entonces, le había dicho que viniera al club y jugara un poco de golf para que pudiera quemar un poco de estrés, y yo lo ayudaría a encontrar al culpable. No puedo creer a algunas personas. ¿Quién robaría el regalo de un joven a su novia? ¿Fueron tan duros?".

Edna escuchó atentamente, sonrojándose cuando la historia finalmente conectó con ella. "Oh, eso es terrible", dijo Edna, dándole una mirada a Gertie.

"Sí, lo es", dijo Gertie con una simpatía burlona. "Hay gente terrible por ahí, Bonnie. Solo hay que tener cuidado".

"Supongo", suspiró Bonnie. "Me siento muy mal por Jake. Estaba muy emocionado por Jesse. Jesse había ahorrado una semana de sueldo para conseguir ese brazalete".

"Debería haber conseguido sus rubíes reales entonces", comentó Gertie, pero fue interrumpida por el codo de Edna golpeando su costado.

"¿Qué?" Bonnie preguntó, mirando hacia arriba confundido.

"Dije que es una pena que el niño gastara tanto en esos rubíes", dijo Gertie, frunciendo el ceño a su esposa.

"Sí, lo es", respondió Bonnie. "Solo espero que podamos encontrarlos".

"Estoy segura de que lo harás", dijo Edna, poniendo su mano sobre Bonnie's para consolarla. "Tal vez, Jake simplemente los extravió. Estoy seguro de que aparecerán".

Bonnie comenzó a decir otra cosa, pero mientras lo hacía, dos agentes de seguridad del club entraron por la puerta. "¿Alguien ha visto pasar por aquí a dos mujeres con el pelo largo y ropa retro?" Uno de los oficiales preguntó, dirigiéndose a los invitados que estaban cenando tranquilamente en sus cenas.

"¿Alguien?", preguntó el otro oficial cuando no hubo respuesta.

Gertie golpeó a Edna, indicó a ella que tenían que ir, pero Edna era tan quieta como un ladrillo. "Edna", susurró Gertie bajo su aliento, pero mientras trataba de llamar la atención de su esposa, otro hombre entró por la puerta, el hombre al que le habían robado el carrito de golf. Gertie lo miró, y él la miró hacia atrás, una mirada de reconocimiento en sus ojos.

"Eran ellos", dijo el hombre, señalando a Gertie y Edna, pero Gertie ya había tomado la mano de su esposa y la estaba tirando hacia la puerta trasera.

"Corre", le dijo Gertie a Edna cuando salieron de la casa club y salieron en el green. La valla no estaba muy lejos, y ella sabía que si seguían adelante, lo harían.

"Lo estoy intentando", respondió Edna, recogiendo la distancia entre ellos. "Solo espero poder hacerlo. Mi artritis está empezando a hacerme hinchar".

Gertie tomó la mano de su esposa cuando se acercaron a la valla. Ella no estaba segura de si los oficiales de seguridad estaban o no detrás de ellos, pero no estaba a punto de detenerse ahora. Ella rebotó sobre la valla, tirando de Edna en el proceso, y los dos corrieron por la calle a su vehículo. Cuando llegaron al camión, Gertie miró detrás de ella, notando que estaban solos y dándose cuenta de que habían golpeado a esos musculosos oficiales de seguridad en una carrera a pie.

"Todavía lo tengo", sonrió Gertie, apoyada en el asiento y mirando a su esposa, pero Edna simplemente se sentó allí haciendo una señal de pájaro con sus manos. "¿Qué estás haciendo?" Gertie preguntó sobre el extraño comportamiento de su esposa.

"Te estoy dando la señal", jadeó Edna, sin aliento. "Esos oficiales están detrás del camión".

Gertie se miró en el espejo, notando de lo que su esposa estaba hablando. De hecho, los agentes se acercaban a ellos. Giró la llave y encendió el motor. Ella no estaba a punto de ser golpeada ahora, no cuando ella había pensado que ella estaba por delante. "Agárrate", dijo Gertie, sosteniendo a Edna con un brazo, y con eso, presionó fuertemente el acelerador, y se apagaron.

# Capítulo Octavo

"¿A dónde debemos ir?" Gertie preguntó, mirando a Edna, que todavía estaba tratando de ponerse al día con los acontecimientos de la última hora. "Ellos saben cómo es nuestro camión, y Bonnie sabe dónde vivimos. No hay a dónde ir, no hay dónde esconderse".

"Gertie, agarrate", respondió Edna, encontrando su confianza. "A esos agentes de seguridad solo se les paga por patrullar la casa club. No van a venir todo el camino de salida aquí, y definitivamente no son oficiales de policía. Además, le devolvimos el carrito de golf, y el hombre no tiene pruebas de que incluso lo tomamos. ¿Qué nos van a hacer?".

Gertie detuvo el camión a poca distancia de la biblioteca y miró a su esposa con una sonrisa. "¿Sabes qué? Eres un buen amplio", sonrió Gertie. "Finalmente estás diciendo algo que tiene sentido. Creo que te estoy frotando un poco".

"Tal vez un poco", dijo Edna con una pequeña sonrisa. "Solo tomó sesenta años".

"Bueno, no todo el mundo se pone rápido", sonrió Gertie. "Te estaba dando un poco de tiempo para ponerte al día".

"No es gracioso", dijo Edna, dándole una mirada a su esposa.

Gertie simplemente sonrió sin problemas y miró a su alrededor. "Bueno, ahora que estamos de vuelta en el curso, ¿deberíamos mirar la biblioteca?"

"¿Para qué?" Edna preguntó, confundida.

"El maletín, Edna", respondió Gertie. "¿Ya te olvidaste? De eso se ha hablado todo este día".

"Oh, sí, el maletín", reflexionó Edna. La conmoción del día la había hecho olvidar su motivo principal para salir, y a pesar de todas sus aventuras, ella quería encontrar sus joyas. "Supongo que la biblioteca sería una buena opción", respondió Edna. "Es el único lugar que aún no hemos buscado".

"¿Acerca de?" Gertie preguntó. "¿A qué te refieres? Miramos la gasolinera. Hemos echado un vistazo al restaurante. Incluso hemos ido a la casa club. ¿A dónde más podrías haber ido ese día?"

"Voy a muchos lugares, Gertie", dijo Edna. "Si vinieras conmigo de vez en cuando, lo sabrías, pero estás tan apegado a esa silla que te olvidas de mí pequeño".

"No me olvido de ti Edna", replicó Gertie. "No todo el mundo tiene la energía para rebotar en la ciudad todos los días como lo haces tú. Algunos de nosotros somos viejos y lo sentimos".

"Bueno, todo lo que sé es que no puedes hacer que ningún joven duerma en tu silla", comentó Edna. "Te estás perdiendo mucha vida, Gertie".

"Lo que sea", respondió Gertie molesto. "¿Vamos a revisar esta situación de la biblioteca o qué?"

"Sí, vamos", dijo Edna, sin moverse de su asiento.

"Bueno, tienes que moverte para ir", dijo Gertie, mirándola de cerca.

"Lo estoy intentando", respondió Edna, moviéndose un poco en su asiento. "Te lo dije. Mi artritis está quemando en este momento".

"No tienes artritis, Edna", declaró Gertie. "Te dije que dejara de buscar cosas en ese Internet. Tienes demasiadas ideas en tu cabeza, y para alguien como tú eso no es bueno".

"Bueno, sí dijo que podría tener artritis", respondió Edna. "Yo sí encajo en ese grupo de edad. Creo que te olvidas de que no soy la mamá caliente atlética que solía ser".

Gertie sacudió la cabeza. "Edna, probablemente te hayas sobrecargado de trabajo con todo eso corriendo. Vendré a tu lado y te ayudaré".

Edna esperó a que Gertie abriera su puerta y dejara que la otra mujer la ayudara a salir del vehículo grande. Estiró las piernas, encontrando alivio en la acción y comenzó a caminar hasta la puerta de la biblioteca.

"Edna", llamó Gertie por detrás de ella.

"Sí", dijo Edna, dándose cuenta de que Gertie no se había puesto al día.

"¿Qué pasó con su llamada artritis?" Gertie preguntó con las cejas levantadas.

"Oh", sonrió Edna. "Ahora todo está mejor. Supongo que solo necesitaba un pequeño estiramiento".

"Oh chico", comentó Gertie rodando los ojos. "Necesitas un poco de algo, pero no creo que sea un estiramiento".

Edna ignoró el comentario de su esposa y continuó hasta las puertas de la biblioteca, tratando de recordar lo que había hecho el día que había perdido su maletín. Sabía que había devuelto sus libros a primera hora, pero no podía recordar nada después de eso. "Piensa", se dijo Edna a sí misma, tratando de alentar a su memoria a cooperar.

"Ten cuidado", respondió Gertie. "Podrías romper algo que si tratas de trabajar demasiado ese cerebro tuyo".

Edna frunció el ceño a su esposa, abriendo las puertas de la biblioteca y observó como uno golpeaba ligeramente a su esposa mientras la dejaba ir.

"¿Para qué fue eso?" Gertie preguntó, mirando a Edna.

"Lo siento, mi cerebro estaba trabajando demasiado", respondió Edna. "No podía sostener la puerta para ti y permitir que pensara al mismo tiempo".

Gertie se quejó y continuaron.

Edna se acercó a la recepción de la biblioteca, notando que Paige estaba sentada allí, escribiendo en su computadora. Paige era la hermana de Betty, y la conocía desde hacía mucho tiempo. Ella era una chica tímida y joven, pero siempre fue la primera en ayudar a Edna cuando tenía problemas para encontrar algo. "Hola", dijo Edna, recibiendo la atención de Paige.

"¿Cómo están ustedes dos hoy?" Paige preguntó, mirando hacia arriba y sonriendo a ella y a Gertie.

"Estamos haciendo el bien", dijo Edna, sin esperar a que su esposa responda. A veces, ella no sabía lo que saldría de la boca de Gertie. "¿Y tú?"

"Estoy bien", sonrió Paige. "Me estaba poniendo al día con los eventos de la ciudad. Parece que ha habido mucha conmoción en Sanders hoy, y algunos de los comentarios en la página de la comunidad son impactantes".

"¿Como qué?" Gertie preguntó, empujando hacia adelante y mirando hacia abajo en la computadora que Paige estaba mirando.

"Como el hecho de que había una mujer ahogándose en el restaurante esta mañana", reflexionó Paige. "Y luego, hubo un informe de un robo de pulsera de rubí, y una mujer causó una gran conmoción en el campo de golf hoy". Paige se rió y miró hacia atrás en ellos. Nunca pensé que esta ciudad podría estar tan interesada, pero parece que todos en Sanders fueron mordido por el mismo error".

"Lo diré", dijo Edna, mirando a Gertie. Obviamente, Paige no tenía idea de que estaban detrás de los extraños eventos, y ella quería mantenerlo de esa manera. Las noticias se extendieron rápidamente en Sanders, y si alguna vez quería ir a casa y disfrutar de una noche tranquila y tranquila, iba a tener que mantener la guardia encendía.

"Sí", sonrió Paige, moviendo la cabeza. "No puedo ver mucha acción aquí, así que supongo que esa fue mi pequeña porción de emoción para el día. De todos modos, ¿qué te trae a dos damas?"

"En realidad, estamos buscando el maletín de Edna", respondió Gertie. "Ella fue por la ciudad el otro día, mostrando las joyas que tenía para la subasta de la ciudad, y de alguna manera en el proceso, lo perdió todo. Hemos estado reponiendo sus pasos todo el día, pero no tenemos ni idea de dónde está".

"Bueno, puedo decir que sí recuerdo el maletín", dijo Paige. "Tenías algunas piezas muy bonitas allí, y por lo que recuerdo, te dejaste con él, pero siéntete libre de mirar a tu alrededor y verificarlo dos veces. Siempre odio cuando pierdo algo mío, y no está de más repasar todas las salidas posibles".

"Gracias", dijo Gertie. "Realmente lo apreciamos". Gertie se dio la vuelta y caminó hacia las grandes estanterías en la parte posterior, asomándose debajo de las mesas en el medio de la habitación como lo hizo.

"Muchas gracias", dijo Edna, sonriendo a Paige. "Y si descubres algo más, por favor asegúrate de decírnoslo". Edna anotó su número de teléfono y se lo entregó a Paige, quien prometió hacerles saber si el maletín se presentaba, y luego, se dio la vuelta para encontrar a su esposa, que ya había desaparecido detrás de las paredes de los libros.

# Capítulo Noveno

Había pasado casi una hora, y Gertie todavía no había encontrado el maletín de Edna. La otra mujer miraba largo y lejos, revisando cada estante de libros, el baño e incluso debajo de cada silla. "No creo que esté aquí", dijo finalmente Gertie, dirigiéndose a su esposa, que estaba de rodillas y manos mirando el estante inferior de los libros. "Y no puedo creer que dejarías tu maletín ahí abajo. ¿Qué estarías haciendo en el estante inferior de una estantería de todos modos?" Gertie pensó en su declaración y revaluó. "No importa, Edna", dijo Gertie. "Olvidé que su juicio no es exactamente el mismo que el de la persona promedio. Es posible que hayas dejado el maletín ahí abajo".

"Gertie, calla", susurró Edna, insudiéndole que bajara al suelo. "¿No puedes oír eso?"

Gertie escuchó por un momento y de repente se enteró de lo que Edna estaba hablando. Ella podía escuchar a Paige hablando con un grupo de personas en el nivel inferior, y ella bajó al piso junto a Edna para obtener una mejor escucha.

"Sé que están aquí", resonó la voz de Bonnie a través del gran edificio. "Vi el camión de Gertie afuera. Simplemente llámalos al frente o algo así".

"Lo haría", respondió Paige. "Pero desafortunadamente, no tenemos exactamente un altavoz aquí. Recuerden que el ayuntamiento decidió recortar nuestra financiación el año pasado, y eso hizo que no pudiéramos hacer las actualizaciones que queríamos".

"No culpe al abogado de la ciudad", respondió Bonnie. "Todo está presupuestado. Recuerden, la ciudad tiene que votar para poner dinero en los programas que benefician a la mayoría de la gente en esta ciudad".

"Solo dices eso porque eras una de las personas que votaron en contra de hacer las mejoras", resonó la voz de Jesse Wilson.

Gertie se rió. "Te vas Jesse", se susurró a sí misma, animando al joven. Bonnie era el tipo tac tacy, y ya era hora de que alguien se levantara ante ella.

"Shh", dijo Edna, con el dedo en los labios.

Gertie asintió con la cabeza, moviendo los libros en el estante un poco para que pudiera mirar hacia abajo en el escritorio de la biblioteca donde Jesse, Bonnie y Jake Wilson estaban todos parados.

"Bueno, ¿puedes al menos decirnos dónde están?" Bonnie preguntó. "He estado buscando a los Simmons por toda la ciudad, y simplemente no he podido encontrarlos. Solo queremos tener una pequeña conversación con esas dos mujeres".

"Puedes mirar a su alrededor", le dijo Paige, agitando su mano para enfatizar el espacio expansivo a su alrededor. "Pero han estado aquí por un tiempo, así que en este momento, no estoy seguro de dónde estarían".

"Bien", hizo una mueca Bonnie, alejándose del escritorio en un susto y dejando a Jake y Jesse detrás de ella.

"Nos están buscando", dijo Edna, moviendo la cabeza hacia atrás para mirar a Gertie. "Tenemos que salir de aquí".

"Está bien", dijo Gertie, buscando la mejor ruta posible, pero la única manera de llegar a la puerta era por la escalera expuesta que conducía al nivel inferior. Gertie miró a su alrededor en busca de Bonnie, Jake y Jesse, tratando de ver si podía verlos a través de las grietas en la estantería frente a ella, pero cuando lo hizo, sabía que no había manera de que Edna y ella bajaran por la escalera sin ser vistos. El grupo estaba extendido en el nivel inferior, mirando a través de cada grieta y grieta de la gran biblioteca en un intento de encontrarla a ella y a Edna, y un paso en la escalera definitivamente llamaría la atención sobre ellos.

"Vamos", instó Edna. "Tenemos que irse".

"No, tenemos que quedarnos quietos", susurró Gertie, acercando a su esposa a ella. "No hay salida en este momento".

"¿Qué vamos a hacer?" Edna preguntó, mirando a través de la misma estantería que Gertie estaba usando para hacer un seguimiento del grupo que los estaba buscando.

"Vamos a tener que esperar hasta que se vayan", dijo Gertie con un suspiro. "Eventualmente, se aburrirán. Solo tenemos que ser pacientes".

"Muy bien", dijo Edna, observando frenéticamente a Bonnie, Jake y Jesse mientras deambulaban por la biblioteca. "Voy a vigilar".

"Haces eso", sonrió Gertie, caminando hacia una de las sillas de la biblioteca en la esquina. "Voy a tomar una pequeña siesta mientras esperamos".

"Haces eso", dijo Edna, moviendo la cabeza, pero en ese momento, Gertie ya se había acurrucado en la cómoda silla y cerrado los ojos. Ella había estado esperando esta siesta todo el día.

• • • •

"DESPIERTE", DIJO UNA voz baja, ha hecho cosquillas en la oreja.

Gertie bateó a un lado de su cabeza, pero no había nada allí. Alguien comenzó a sacudirla, y ella oyó la voz de nuevo, aportando la motivación para abrir los ojos. "¿Edna?" Gertie preguntó, limpiando el sueño de sus ojos y soltando un bostezo.

"Shh", regañó Edna, poniendo su dedo en sus labios. "Están a punto de irse".

"¿Quién?" Gertie preguntó, sin entender muy bien de qué estaba hablando su esposa o recordando por qué no estaba en casa en su silla, sino en el segundo piso de la biblioteca de la ciudad.

"Bonnie y ellos", susurró Edna, increpándole que mantuviera su voz baja.

"Oh", dijo Gertie, sentada. "¿Eso significa que podemos irse a casa?"

"Si podemos salir de aquí, lo hace", dijo Edna, con una mirada triste en sus ojos. "Ya no estoy seguro de que vayamos a encontrar el maletín. En este punto, alguien probablemente lo consiguió, y lo más probable es que mis joyas se hayan ido".

"Lo siento, Edna", hice una mueca gertie. Odiaba ver a su esposa triste, y Edna estaba luchando contra las lágrimas en sus ojos en este momento. "¿Qué tal si te compro lo que quieres? Puede que no pueda conseguir nada demasiado grande, pero puedo conseguirte algo con los ahorros que he escondido".

"Está bien, querida", dijo Edna, limpiándose la cara con la manga. "Estaré bien. Simplemente no puedo creer lo cruel que puede ser el mundo a veces".

Gertie miró lejos de la otra mujer por un momento. Ella no tenía nada que decir que haría que Edna se sintiera mejor, y estaba decepcionada de que su visión cínica del mundo hubiera caído repentinamente sobre los hombros de Edna. Edna era simplemente una inocente en este mundo, y cuando todo parecía horrible, Edna siempre tenía algo bueno que decir. Pero ahora, cuando volvió a mirar la cara de su esposa, sabía que algunos de los buenos espíritus de Edna habían desaparecido, y se preguntaba si esta situación cambiaría la forma en que Edna veía los eventos en sus vidas.

"Vamos", dijo Edna, tirando ligeramente del brazo de Gertie. "Vamos. Estoy listo para un refrigerio reconfortante y un poco de televisión".

"Está bien", respondió Gertie, asintiendo con la cabeza. Siguió a su esposa a través de las estanterías, cuidando de mantener sus pasos en silencio mientras se acercaban a la escalera.

"Parece que la costa está despejada", dijo Edna, mirando a su alrededor mientras ponía el pie en el primer paso. "Menos mal. No creo que pudiera haberme tomado otros veinte minutos de estar apretado detrás de ese estante. Mi cuerpo ya está muy rígido".

"Me lo estás diciendo", respondió Gertie, estirando los músculos de su espalda. "Esa silla me sacó".

Edna le dio una mirada, pero antes de que pudiera decir nada, un fuerte choque sonó desde el primer piso de la biblioteca.

"Les dije que estaban aquí", dijo la voz de Bonnie en voz alta.

Gertie miró por las escaleras y notó a la mujer nostálgico de pie junto a la puerta principal, mirando a su alrededor. "Todavía no nos ha visto", susurró Gertie, pidiendo a su esposa que la siguiera por la escalera y detrás de una masa de grandes estanterías que estaban directamente debajo de las escaleras.

"Espédame", murmuró Edna, siguiéndome de cerca.

Gertie se posicionó para poder ver a Bonnie a través de los espacios vacíos en el estante que estaba detrás. Bonnie, Jesse y

Jake se pararon inmóviles junto a la puerta principal, bloqueando la entrada.

"Tendrán que salir en algún momento", dijo Bonnie, dirigiéndose hacia las puertas. "No hay otra manera de que salgan".

"En realidad..." Paige comenzó, de repente deteniéndose antes de que pudiera sacar la sentencia.

"En realidad, ¿qué?" Bonnie preguntó. "¿Me vas a decir que me vas a prohibir que miba las puertas?"

"No", respondió Paige, obviamente decidiendo mejor que discutir con la mujer temperamental. "Haces lo que quieres, señorita Jenkins".

"Lo haré", sonrió Bonnie.

Gertie se alejó de su mirilla improvisada y pidió que Edna se quedara quieta. Pasó de puntillas hasta el final de la estantería, permitiéndose una mejor vista en la parte posterior de la biblioteca. Algo que Paige había dicho le hizo pensar que había otra salida, y después de mirar de cerca, se dio cuenta de que había. Gertie miró la pequeña puerta de emergencia ubicada en la parte trasera del edificio. Había visto este tipo de salidas en varios lugares públicos, y aunque sabía que sería otra forma de desalojar el lugar, también se dio cuenta de que la puerta podría estar equipada con una alarma.

Gertie saludó a Edna, poniendo su dedo en sus labios para asegurarse de que su esposa guardara silencio. Estaban tan cerca de salir de allí que ella no quería renunciar a su ubicación. Gertie esperó a que Edna se acercaba y señaló la puerta, encogiéndole de hombros a su esposa como para preguntarle si quería intentar escapar.

Edna sonrió y asintió con la cabeza, un destello de aventura en sus ojos, y Gertie saludó para que su esposa la siguiera mientras se agachaba detrás de un estante tras otro hasta que llegó a la parte trasera del edificio. Los dos todavía estaban escondidos detrás de las masas de estanterías en ese momento, pero Gertie sabía que para llegar a la puerta, tendrían que renunciar a su cubierta. Ella miró a Edna, y Edna la miró hacia atrás, señalando que estaba lista para intentar su escape. Gertie tomó una respiración profunda y lo dejó salir y luego comenzó a correr hacia la puerta trasera. Pasaron solo unos segundos antes de que la manija de la puerta se sentara fría en su mano. La giró en silencio y la abrió, conteniendo la respiración mientras esperaba a que sonara la supuesta alarma, pero cuando abrió la puerta, no había nada. Gertie suspiró, agitando a Edna por delante, y los dos salieron corriendo por la puerta. Mientras el sol se extendía en cascada sobre su rostro, Gertie sintió una sensación de felicidad sobre ella. Ella sabía que en solo unos minutos, los dos estarían en casa, y estaba agradecida de haber llegado a experimentar un día tan aventurero.

# Capítulo Diez

Edna deambuló por la puerta principal de su casa y observó como Gertie caminaba directamente a su silla, arrasando en ella con un suspiro. "Feliz de estar en casa, querido?" Edna preguntó, mirando la cara sonriente de Gertie.

"Más feliz de lo que jamás sabrás", respondió Gertie.

"Bueno, agradezco que pases tiempo conmigo hoy", dijo Edna, caminando hacia el sofá y sentada. "Ha pasado mucho tiempo desde que llegamos a pasar un día entero corriendo juntos, y realmente lo disfruté".

"Tú y yo", sonrió Gertie. "No pensé que sería capaz de hacer todo eso, no con estas articulaciones crujidas".

"Bueno, me tomaste por sorpresa mi querida", dijo Edna, quitándose los zapatos y estirando las piernas. "Pensé que tan pronto como llegamos a los setenta años estaríamos confinados en la casa. ¿Quién sabía que podíamos divertirnos tanto como lo hicimos hoy?"

Gertie le sonrió, una luz en sus ojos. Edna no había visto esa luz durante mucho tiempo. Gertie había cambiado a medida que envejecía, volviéndose menos optimista y perdiendo su sed de aventura, y Edna había pensado en un momento dado que nunca volvería a ver a su esposa sonreír de esa manera. Pero mientras se sentaban en silencio, pensando en su día, Edna se dio cuenta de que tenían mucha más vida quevivir, y tal vez, el cambio de actitud de Gertie fue solo un revés temporal. Edna miró a su esposa, notando que la otra mujer la estaba mirando.

"Seguro que eres una mujer divertida para estar cerca", dijo Gertie suavemente. "Me había olvidado de toda la diversión que podíamos tener cuando pasábamos un poco de tiempo con cada uno".

"También se me había escapado la mente", respondió Edna, sintiendo una conexión reconfortante con su esposa en ese momento. "Creo que estábamos tan enfocados en envejecer y lidiar con las dolencias físicas y emocionales que trajo que no recordamos todas las cosas que trajeron felicidad a nuestras vidas".

"Ya sabes, Edna", dijo Gertie. "Hay momentos en los que pienso que perdiste tus canicas. De hecho, hay muchas veces..."

"Llegar a la parte buena ya," Edna declaró, levantando la ceja.

"Bueno, solo iba a decir que tienes una forma de ver la vida que nunca he visto antes", le dijo Gertie. "Puedes estar en la peor de las situaciones, y siempre puedes encontrar algo bueno en lo que enfocarte, y creo que necesito un poco más de eso en mi vida".

"Bueno, tal vez podríamos ir a otra aventura juntos", sugirió Edna, pensando en todas las cosas que le gustaría experimentar con su esposa.

"Me gustaría eso", dijo Gertie. "Pero tal vez la próxima vez podríamos hacerlo después de mi siesta".

Edna se rió mientras Gertie se reclinaba de nuevo en su silla, señalando que su conversación había terminado. La otra mujer cerró los ojos, llenando el aire casi instantáneamente con un ronquido ligero, y Edna sabía que había terminado para la noche. Edna agarró una manta de una canasta cerca del sofá y se levantó para colocarla sobre su esposa. Gertie parecía tranquila recostada en su silla, y cuando la otra mujer finalmente había caído en un sueño profundo, Edna echó un vistazo a su esposa y estaba segura de que vio sonreír a Gertie.

• • • •

EDNA CORRIÓ ALREDEDOR de la casa, tratando de terminar todas las tareas domésticas antes de sus shows de la tarde. El día fue tranquilo, al menos más tranquilo que el día anterior, lo que dejó espacio para mucha reflexión y poca conversación. Mientras reoblaba por la casa, pensó en la aventura que había seguido con Gertie y en el misterio de su maletín desaparecido. Ella estaba un poco entristecida por el hecho de que nunca habían encontrado sus joyas perdidas. Ella había ideado varios planes en las últimas semanas sobre cómo iban a usar el dinero que recibirían de los postores en la subasta de la ciudad, pero ahora que las joyas no se encontraban en ninguna parte, sus planes se vieron disminuidos y su corazón se hundió en ese pensamiento.

Edna había planeado hacer varias cosas con Gertie una vez que tuvieran el dinero. Ella había querido llevar a su esposa de viaje, y ella había imaginado con frecuencia todas las experiencias divertidas que podrían tener juntos. Sin embargo, Edna poco a poco fue llegando a un acuerdo con el hecho de que es posible que nunca vuelva a ver sus joyas, y una parte de ella se preguntó si era para mejor. Aunque las joyas podrían haber significado un gran medio de flexibilidad financiera para ella y su esposa, ella había decidido que la aventura que había ido el día anterior estaba más allá incluso de su imaginación. Edna no se había dado cuenta de lo fácil que sería crear su propia diversión con su esposa, dinero o no, e incluso con las joyas desaparecidas, se había dado cuenta de que serían capaces de construir sus experiencias por su cuenta.

Edna se dirigió a la cocina y comenzó a llenar el agua en el fregadero, pero tan pronto como el agua comenzó a correr, fue interrumpida por un golpe en la puerta. "Gertie, ¿podrías conseguir eso?" Edna preguntó, tratando de secarse las manos con una toalla cercana.

"¿Estamos esperando a alguien?" Gertie se quejó, pero Edna pudo escuchar a la otra mujer levantarse de su silla y sabía que iba a la puerta de cualquier manera.

"No, no lo somos", dijo Edna, caminando hasta el final de la cocina en un esfuerzo por asomarnos a la sala de estar. Ella no había pedido ningún paquete, y ella no había invitado a ningún visitante. Cuando Gertie abrió la puerta principal, Edna reconoció las caras conocidas del otro lado. "Bonnie", suspiró Edna para sí misma, preparándose para poner una cara educada. Edna se enderezó la ropa y se quitó el delantal, caminando con aprensión hacia la sala de estar.

"Bueno, ahí estás, Edna", sonrió Bonnie mientras se asentaba en el sofá. Jesse y Jake la acompañaron, sentándose junto a su amiga.

"Hola, Bonnie", respondió Edna, forzando una sonrisa en su propia cara. Ella no esperaba que la otra mujer la rastreara, y después de huir de ella el día anterior, Edna estaba temiendo la conversación que estaban a punto de tener.

# Capítulo Once

"Entonces, Bonnie, ¿qué te trae aquí?" Gertie sonrió, sabiendo por la expresión de la otra mujer que estaba enojada y molesta.

"Vamos a ir al grano, Simmons", respondió Bonnie. "Sé que fue usted el que robó el brazalete de rubí de Jesse, y aunque hemos logrado localizarlo, me gustaría una disculpa de usted y su esposa".

"¿No encontraste la pulsera?" Gertie replicó. "¿Por qué esperarías que te lo robaran?"

"Simple", dijo Jake. "Hay una pequeña marca en uno de los rubíes, y sé que hice lo mejor para mantener esta pulsera en forma de punta. Mi hijo gastó mucho dinero en ello, así que después de descubrir que había daños, comencé a investigar cómo pudo haber sucedido. Fui a varios expertos en el negocio de la joyería antes de que me topara con un hombre sin hogar llamado Theodore, y fue entonces cuando me contó cómo uno de ustedes le pidió ayuda para verificar la autenticidad de la pulsera".

"Teodoro", reflexionó Edna, con una sonrisa en la cara. "Sabía que tenía un buen corazón".

"Sí, lo suficientemente bueno como para expulsarnos", dijo Gertie.

"Entonces, ¿admites que tomaste el brazalete?" Bonnie preguntó. "Pensé que eras tú. Se lo dije a Jesse, pero él no creía que ninguna de las dos mujeres le haría eso".

"Sí", respondió Jesse, colgando la cabeza. "Estoy muy decepcionado".

Gertie miró al joven que una vez había tenido fe en ellos y sintió que su estómago se hundía. Ella no tenía la intención de perder su confianza, y se sintió obligada a hacerle saber toda la historia para que no pensara que tomaron el brazalete para su propio beneficio financiero. "Hijo", dijo finalmente Gertie, llamando al joven.

Jesse miró hacia arriba, pero su expresión lo dijo todo. "No puedo creerle, señora Simmons", dijo Jesse, moviendo la cabeza. "¿Por qué me harías esto?"

"Simple", dijo Edna. "Pensamos que el brazalete que llevaba tu padre era nuestro".

"Bueno, ¿por qué pensarías eso?" Jesse preguntó. "No tomaría tus joyas".

"Pensamos que porque alguien le quitó sus joyas", le informó Gertie. "Entonces, ayer salimos a averiguar quién lo hizo y dónde estaba la joyería, pero terminamos llegando a casa con las manos vacías".

"Entonces, ¿de eso se trataba todo esto?" Bonnie comentó. "¿Le faltan joyas? Me preguntaba cómo habías conseguido que Gertie salies de la casa. Ahora tiene sentido".

"Salgo de la casa", protestó Gertie, pero nadie estaba escuchando en este momento, ya que todos estaban involucrados en la historia de Edna con respecto al día anterior.

Gertie se sentó en su silla mientras su esposa aclaraba los detalles de sus escapadas, y cuando todos estaban satisfechos, sentía que su corazón se calmaba.

"Entonces, esa fue la razón por la que ustedes dos estaban actuando tan sospechosos ayer", comentó Jesse con una sonrisa. "Me preguntaba qué estaba pasando".

"Sí, solo estábamos tratando de encontrar nuestras joyas faltantes", comentó Edna, bajando los ojos. "Nunca lo encontramos, ya sabes".

"Bueno, eso es una vergüenza", dijo Bonnie. "Sé lo mucho que te gustó esa joyería, Edna. ¿No tenía algún tipo de valor sentimental para ti?"

"Sí", sonrió Edna. "Cada pieza representaba un peldaño en Gertie y mi vida. Me llevó mucho tiempo recoger todas las piezas que tenía".

"Sí, bueno, no te conozco muy bien", respondió Jake. "Pero por lo que nos estás diciendo, puedo entender que la joyería era algo que tenías muy cerca de tu corazón".

"Lo hice", dijo Edna.

"Bueno, entonces ¿por qué lo venderías?" Jake preguntó, una expresión preocupada en su rostro. "¿Están ustedes dos bien?"

"Sí, sí", sonrió Edna. "Estamos bien. Solo pensé que vender las joyas nos daría a Gertie y a yo la oportunidad de experimentar más cosas juntos. Hemos estado sentados en esta casa durante mucho tiempo, y de vez en cuando, me gusta ver algo más además de estas cuatro paredes".

"Edna, sabes que no tienes que vender tus joyas para hacer eso", dijo Gertie, mirando de cerca a su esposa. "Todo lo que tienes que hacer es preguntar, y podemos salir".

"Lo sé ahora", dijo Edna. "Especialmente después de ayer, pero han pasado años desde que nos divertimos tanto juntos, y supongo que he estado luchando con eso".

"Veo", respondió Gertie, pensando en lo tranquilos que habían sido los últimos años. Edna y ella solían experimentar todo juntos, pero el envejecimiento había hecho un número en sus niveles de energía. "Bueno, prometo sacarte más. No hay razón para sentarse aquí todos los días cuando hay tantas aventuras que tener".

"Me gustaría eso", dijo Edna, sonriendo a su esposa.

"Y la señora Simmons", dijo Jesse, mirando a Edna.

"Sí", respondió Edna.

"Si alguna vez encuentras tus joyas, tal vez deberías aferrarte a ella", sugirió. "Porque el significado sentimental de las piezas vale más que el precio que la gente pagará por ello".

Gertie sonrió al joven. Aunque él era joven, su consejo estaba más allá de sus años, y ella esperaba que su esposa estuviera escuchando.

"Ya sabes, Jesse", respondió finalmente Edna. "Creo que tienes razón. Tal vez, lo guardaré si alguna vez lo encuentro, porque cuando miro cada pieza, recuerdo un momento preciado en mi vida, y algunos días, cuando estoy triste solo mirando las joyas y recordando todo me anima".

La noche persistió, y Edna y Gertie terminaron invitando al grupo a cenar. Se tuvo una conversación, y Gertie pudo decir por la mirada en los ojos de su esposa que se estaba divirtiendo. Cuando la noche llegó a su fin y Edna se despidió, Gertie comenzó a pensar. Ella realmente necesitaba hacer más por su esposa. Edna había hecho todo lo posible para llamar la atención sobre lo aburridas que se habían vuelto sus vidas, y era hora de que Gertie dar un paso adelante y cambiar la monotonía de su situación.

• • • •

"¿DÓNDE HAS ESTADO?" Edna preguntó mientras Gertie entraba por la puerta.

"Fuera", sonrió Gertie, mirando a su curiosa esposa.

"¿Fuera dónde?" Edna preguntó, mirándola más de cerca. "¿Y hacer qué?"

"Ya verás", sonrió Gertie. Gertie colgó su chaqueta y llevó a su esposa a la sala de estar, ordenando a Edna que se sentara.

"¿De qué se trata todo esto?" Edna preguntó con aprensión. "Seguro que estás actuando raro hoy".

"Bueno, estoy tratando de hacer algo romántico", replicó Gertie. "¿Puedes sentarte y dejarme hacerlo?"

La cara de Edna se convirtió en una de sorpresa mientras se sentaba tranquilamente en su silla y esperaba. "Muy bien, estoy sentada", respondió Edna. "¿Estás nervioso, querido?"

"Un poco", dijo Gertie, deslizándose sobre una rodilla y sacando de su bolsillo el anillo que había comprado antes.

Los ojos de Edna brillaron de emoción mientras miraba la fina pieza de joyería en la mano de su esposa. "¿De qué se trata todo esto?"

"Bueno", respondió Gertie, mirando a Edna a los ojos. "Dijiste que no hemos hecho mucho últimamente, y quiero hacer eso hasta ti".

"Entonces, ¿me compraste un anillo?" Edna preguntó, una mirada perpleja en su rostro.

"Sí", sonrió Gertie. "Quería comprarles algo que signifique este punto de inflexión en nuestra relación. A partir de ahora, quiero experimentar más vida contigo. Me he sentado durante años y he dejado que la vida pase por mis ojos, pero quiero cambiar eso, y quiero hacerlo contigo".

Una sola lágrima se arrasó por la mejilla de Edna mientras sacaba el anillo de las manos de Gertie, besando a su esposa ligeramente en la mejilla. "Gracias, Gertie", dijo. "Este es uno de los mejores regalos que me podrías dar".

Gertie se puso de pie y caminó hacia la puerta.

"¿A dónde vas?" Edna preguntó, siguiéndole, pero Gertie no respondió.

En cambio, Gertie caminó hacia la puerta y clavó su mano en el porche, envolviendo sus dedos alrededor del artículo familiar que había encontrado en el camión antes. Ella trajo el artículo dentro, notando el asombro en la cara de su esposa y se lo entregó a Edna.

"Mi maletín", exclamó Edna. "¿Dónde lo encontraste?"

"En el camión", sonrió Gertie. "Estuvo con nosotros todo el tiempo. Tal vez, no estabas destinado a regalarlo".

"Aparentemente no", dijo Edna, abriendo el maletín para inspeccionar todas las joyas dentro. "Todo está aquí".

"Sí, todos tus recuerdos están intactos", comentó Gertie. "E hice un pequeño espacio para que pudieras hacer nuevos recuerdos conmigo".

Edna soltó el maletín y envolvió sus brazos alrededor de Gertie, besándola suavemente como lo hizo. "Aquí está para hacer nuevos recuerdos", dijo su esposa suavemente al oído.

"A más recuerdos", dijo Gertie.

www.ingramcontent.com/pod-product-compliance
Ingram Content Group UK Ltd.
Pitfield, Milton Keynes, MK11 3LW, UK
UKHW040012200726
13854UKWH00001B/169

9 798201 176594